LE RETOUR.

Épître,

PAR

Melle. Delphine Gay.

Prix : 2 fr.

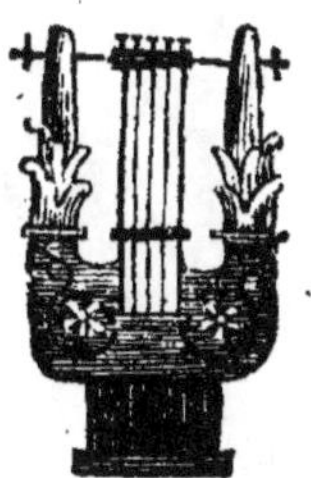

Paris,

CHEZ CONSTANT LE TELLIER FILS, ÉDITEUR,

RUE TRAVERSIÈRE SAINT-HONORÉ, N. 25.

1828.

PARIS, IMPRIMERIE DE GAULTIER-LAGUIONIE, HÔTEL DES FERMES.

Le Retour.

PARIS, IMPRIMERIE DE GAULTIER-LAGUIONIE,

Hôtel des Fermes.

Le Retour.

ÉPITRE,

PAR

Mlle DELPHINE GAY.

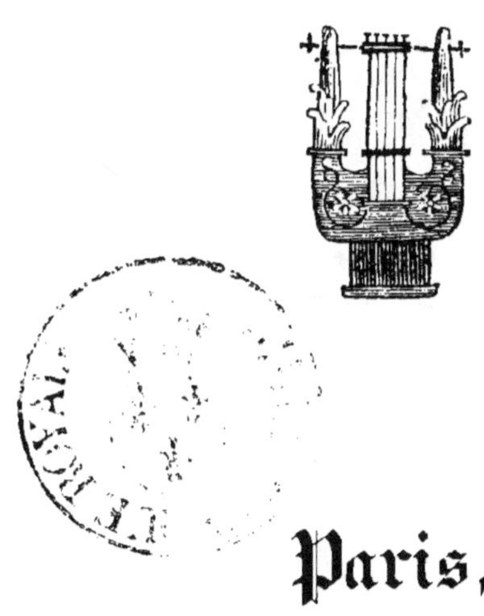

Paris,

CHEZ CONSTANT LE TELLIER FILS, ÉDITEUR,

RUE TRAVERSIÈRE SAINT-HONORÉ, N. 25.

1828.

A ma Soeur,

Madame la Comtesse O' Donnell.

Le Retour.

Salut, champs paternels, salut, terre féconde,
Dont la brillante gloire étonne encor le monde !
Salut, nobles et vieux remparts,
Temple du goût, pays cher aux beaux-arts.

Où l'esprit est léger, la science profonde ;

Où, sous le voile ingénieux

D'un trait comique et d'un refrain joyeux,

La sévère raison se cache avec adresse ;

Où le cœur, éclairé par un art gracieux,

Sans passer par l'ennui, parvient à la sagesse ;

Où l'amour est exempt d'une jalouse ardeur,

Où le courage est sans rudesse,

Et la tendresse sans fadeur !

Salut, castels, berceau de la chevalerie,

Opulentes cités dont les peuples divers

Honorent à la fois l'élégante industrie ;

Qui, portant vos trésors au bout de l'univers,

Régnez sur le caprice et la coquetterie !

Salut, montagne d'or, pampres dont la saveur

Enivre tour-à-tour l'érudit de Toscane,

Les sages d'Albion, le Sarmate rêveur,

Et quelquefois aussi le Musulman profane !

Salut, vieilles forêts, refuge du berger !

Vous, qu'en vain je cherchais pendant les jours d'orage,

Couvrez encor de votre épais ombrage

Mon front bruni sous un ciel étranger.

Et vous, fleuves d'azur, réfléchissez ma joie!

Au moment du retour, que votre aspect est doux!

Qu'avec grâce à mes yeux la Saône se déploie!

Du Rhône impétueux que j'aime le courroux!

Que j'aime ces vallons où serpente l'Isère!

Pourtant je les ai vus, ces rivages si beaux,

Où le Tibre immortel coule entre des tombeaux;

J'admirai de ses bords la superbe misère [1].

Mais les flots sablonneux de ce fleuve agité

De nos fleuves riants n'ont pas la pureté :

Ce torrent, qu'à ses pieds l'Apennin voit descendre,

Et que Rome adora dans ses temps fabuleux,

    Semble, dans son cours orgueilleux,

Des empires détruits rouler encor la cendre.

Heureuse France, ô pays adoré,
A des bords enchanteurs toi que j'ai préféré,
Belle patrie, amour de mon jeune âge,
Depuis l'instant de mes tristes adieux,
Ton souvenir m'a suivie en tous lieux.
C'est lui qui présidait à mon pélerinage;
Chaque objet à mes yeux venait le retracer :
Ton nom, gravé partout, triomphait de l'absence,
Et de mon cœur, fidèle à ta puissance,
Rome enfin n'a pu t'effacer.

Eh! Comment t'oublier sur cette noble terre,
De nos guerriers vainqueurs autrefois tributaire,
Quand tes fils, des Romains égalant les travaux,
Ont paré leurs états de monuments nouveaux :

Quand, des Alpes brisant la couronne glacée,

Nos soldats, que suivait la victoire empressée,

Frayant vers l'Italie une route à son char,

Ont aplani ces monts qu'avait gravis César [a] !

Là, sont inscrits les faits que la valeur enfante :

Là, tout parle de nous : modèle de vertu,

Sur les bords du Tésin Bayard a combattu [2];

Ravenne de Gaston vit la mort triomphante [3];

Nos vieux exploits, Milan se les rappelle aussi,

Et ses remparts tombés nomment Montmorency [4].

[a] Les jardins publics, à Venise; l'arc du Simplon, la *Porta Ticinense*, le cirque, et la façade du dôme, à Milan, sont dus aux travaux des Français. La route du Simplon, qui rappelle les plus beaux ouvrages des Romains, fut également entreprise et achevée par eux, dans les premières années du dix-neuvième siècle.

(*Itinéraire d'Italie.*)

Ces lieux ont vu depuis notre vaillante armée
Mériter des Romains l'antique renommée.
Sur ces monts, dans ces champs qu'ils rendirent fameux,
Naguère les Français ont triomphé comme eux;
Et, nous citant déjà, la Muse de l'histoire
S'étonne, en comparant la superbe mémoire
De ces Romains qu'elle aimait à chanter,
Qu'à tant de monuments, de souvenirs de gloire,
Un autre peuple ose ajouter.

Ainsi, dans le passé nos héros se confondent,
D'Arcole et de Zama les échos se répondent;
Ainsi, devant le pont d'Horatius vainqueur [5],
Lorsque de ce haut fait on vantait la merveille,
Nul sentiment jaloux ne vint troubler mon cœur :
Sur le pont de Lodi j'avais passé la veille.
Un jour, au voyageur racontant nos succès,

De même on vantera l'Horatius français ;

Et de ces ponts rivaux les arches fraternelles,

Se rejoignant dans l'avenir,

Resteront comme un souvenir

De nos deux gloires éternelles.

Combien j'ai ressenti de joie et de fierté,

En voyant les restes antiques

De ce théâtre aux cent portiques,

Qu'aux ravages du temps nous avons disputé !

Ces marbres érigés aux vertus d'un grand homme,

Ces temples, les Français les ont rendus à Rome :

Ils ont su retrouver, par leurs constants efforts,

Ce Forum que Trajan consacra par ses fêtes ;

Non contents de régner sur ces illustres bords,

Jusqu'au sein de la terre, où dormaient ces trésors,

Ils ont poursuivi leurs conquêtes [6].

O France, reconnais ton empire sur moi :
J'ai vu Naple... et mes vœux sont encor tous à toi.
Naples, divin séjour, jardin de l'Italie,
Où le palmier grandit sous un constant soleil,
Où l'orgueil se repose, où la gloire s'oublie;
Où, d'un volcan muet redoutant le réveil,
On voit par le danger la paresse ennoblie;
Où, joyeux sans sujet, enivré sans amour,
Agité sans desir et rêveur sans tristesse,
Des vagues mesurant la lenteur, la vitesse,
Une barque lointaine occupe tout un jour;
Où, sous les doux regards de l'objet qu'on adore,
Le bonheur le plus pur s'embellirait encore;
Où l'on souffrirait moins d'un regret douloureux,
Où dans l'exil enfin l'on pourrait être heureux.

Ce séduisant aspect, cette vague existence,

Pouvaient seuls un moment égarer ma constance.

Ah! Je n'en puis douter, l'attrait de ces beaux lieux

Inspira le pouvoir, le charme insidieux,

Vainqueur de ce héros si fier dans les alarmes,

Qui sous le myrte en fleurs laissait rouiller ses armes.

  Le Tasse l'avait éprouvé

Ce pouvoir qui, régnant sur un cœur captivé,

Rend l'amour indomptable et la valeur timide,

  Et c'est Naples qu'il a rêvé

  Dans les enchantements d'Armide.

C'est non loin de ces bords chéris [7],

Sous les orangers de Sorrente,

Au sommet des rochers fleuris

Où vient mourir la vague transparente,

Qu'il traça des plaisirs la peinture enivrante.

J'ai voulu voir le limpide ruisseau

Dont la Nymphe aujourd'hui le pleure;

J'ai visité la riante demeure

Où, sous les verts lauriers, fut placé son berceau;

Et de tant de beautés la superbe harmonie,

Ce Vésuve, ces mers, ce ciel éblouissant

Que ses premiers regards bénirent en naissant,

M'ont expliqué l'éclat de son génie.

Mon ame, en l'admirant, fut jalouse une fois

De la fière Italie où retentit sa voix;

Mais, cessant d'envier ce fils qu'elle déplore,

Et qu'un funeste amour à la gloire immola,

J'invoquai les talents dont la France s'honore,

Et mon orgueil se consola!

Je me souvins que, dans le cachot sombre

Où j'allais à Ferrare implorer sa grande ombre,

J'avais lu le nom si vanté

Du poëte français cher à la liberté,

Qui joint, noble héritier du chantre d'Athalie,

La lyre de Tyrtée au masque de Thalie [a].

Puis, tournant mes regards vers ces îles d'azur

Qu'en ses chants célébra l'heureux amant d'Elvire,

Mon cœur se rappela son sublime délire,

Sa piété si tendre et son amour si pur.

Par les derniers adieux de celle qui l'inspire,

Là tout semble encore animé;

Et de la nuit le souffle parfumé,

[a] Le nom de M. Casimir Delavigne est inscrit sur le mur de la prison du Tasse, à Ferrare, auprès de celui de Lord Byron.

Le doux frémissement des voiles du navire,

L'écho de leurs accents comme autrefois charmé,

Tout ce qui chante, aime et soupire

Redit encore : « Ils ont aimé![a] »

Oui, même dans les arts où l'Italie est reine,

Nous obtenons ses suffrages flatteurs;

Du savant troubadour des rives de la Seine

Elle applaudit les accords enchanteurs[b].

[a] Tout le monde connaît la méditation poétique de M. de La-
martine, qui finit par ces vers :

> « Que le vent qui gémit, le roseau qui soupire,
> « Que les parfums légers de ton air embaumé,
> « Que tout ce qu'on entend, l'on voit, ou l'on respire,
> « Tout dise : Ils ont aimé! »

[b] L'opéra de *la Dame blanche*, de M. Boïeldieu, traduit en ita-
lien, a été représenté l'hiver dernier à Naples, avec le plus grand
succès.

S'il fut un temps où les rivaux d'Apelle

Venaient chercher des couronnes chez elle,

C'est parmi nous qu'on les brigue aujourd'hui:

Notre école est des arts le modèle et l'appui.

Et ce peintre fameux que Rome avait vu naître *,

Quittant le Capitole et les cieux paternels,

    Parmi nos talents immortels

    Est venu se choisir un maître.

Les Français, l'arrachant au céleste séjour,

Adoptèrent Psyché dans leur reconnaissance;

Et voulurent près d'eux enchaîner sans retour

Ce mortel qui, des dieux égalant la puissance,

    Sut l'animer comme l'amour.

Je venais d'admirer ces longs cheveux d'ébène,

Ce regard à la fois sévère et séduisant

---

* M. Gérard, né à Rome, est élève de David.

De ces beautés dont le front imposant

Révèle encor la majesté romaine [8] :

Humble, pour mon pays que pouvais-je opposer

A cette gloire héréditaire?

Notre élégance et notre grâce à plaire :

Avec ces faibles dons comment rivaliser?

Mais aux bords de l'Arno quel bruit se fait entendre?

Quel char vient de passer sous ces ombrages frais?

D'une jeune étrangère on vante les attraits [a],

L'air noble et gracieux, le regard doux et tendre;

Pour la voir, les sentiers bientôt sont envahis.

On admire son teint, sa blonde chevelure;

Et le bon goût qui règne en sa parure,

A dit le nom de son pays.

Cet hommage éclatant vengerait de l'envie.

[a] Madame la duchesse de Guiche était à Florence, au mois de juin dernier.

Un murmure flatteur alors la précéda;

Et bientôt, m'approchant de la foule ravie,

Je reconnus la belle Ida.

A ce brillant succès à peine elle osait croire;

Moi seule en goûtai le plaisir;

Et, toute à la fierté qui venait me saisir,

« Ah! m'écriai-je, encore une victoire! »

Ainsi, mille sujets de nous glorifier,

Dans la noble Italie, ont su flatter mon ame,

Depuis le souvenir de notre honneur guerrier

Jusqu'à la beauté d'une femme.

Mon pélerinage est fini.

Je rapporte, ma sœur, de Rome antique et sainte,

L'albâtre d'un tombeau, par les siècles jauni,

Des chapelets d'agate et d'hyacinthe,

Quelques vases d'argile et du laurier béni.

Si pour l'amour l'absence est dangereuse,

L'amitié sait la vaincre et n'en fait point serment;

Et des plaisirs d'un voyage charmant

C'est près de toi que je viens être heureuse.

Ces applaudissements, qui vous sont parvenus,

Ne flattaient que mon espérance;

Pour jouir des succès loin de vous obtenus,

Je les imaginais dans notre belle France :

Tel celui qui, cherchant des arbustes nouveaux,

Dans le doux nom des fleurs met toute sa science,

Sous de lointains climats, brûlant d'impatience,

Rêve dans son pays le prix de ses travaux.

Car il ne jouira des trésors qu'il étale,

Du rameau précieux qu'il vient de conquérir

Sur les rochers déserts de l'île orientale,

Que le jour où, grandi sur la terre natale,

Ses regards le verront fleurir.

Je reviens dissiper le vain bruit qui t'alarme ;

De ces beaux lieux, ma sœur, j'ai senti tout le charme :

Mais loin de mon pays, sous les plus doux climats,

Un superbe lien ne m'enchaînera pas.

Non : l'accent étranger le plus tendre lui-même,

Attristerait pour moi jusqu'au mot : je vous aime.

   Un sort brillant, par l'exil acheté,

Comblerait mes desirs !... Ma sœur n'a pu le croire.

D'un plus noble destin mon orgueil est tenté :

      Un cœur, qu'a fait batire la gloire,

      Reste sourd à la vanité.

Ce bonheur dont l'espoir berça ma rêverie,

Nos rivages français pouvaient seuls me l'offrir.

J'ai besoin, pour chanter, du ciel de la patrie :

C'est là qu'il faut aimer, c'est là qu'il faut mourir.

Hélas ! Si le malheur finit mes jours loin d'elle,

Qu'on ne m'accuse pas d'une mort infidelle :

Jure de ramener dans notre humble vallon,

Et ma harpe muette et ma cendre exilée :

Ah! Sous les peupliers de notre sombre allée,

Une croix, des fleurs et mon nom,

Charmeraient plus mon ombre consolée

Qu'un magnifique mausolée,

Sous les marbres du Panthéon [9].

Notes.

I.

J'admirai de ses bords la superbe misère.

Je ne sais pas si les voyageurs vous ont donné une idée bien juste du tableau que présente la campagne de Rome. Figurez-vous quelque chose de la désolation de Tyr et de Babylone, dont parle l'Écriture; un silence et une solitude aussi vastes que le bruit et le tumulte des hommes qui se pressaient jadis sur ce sol. On croit y entendre retentir cette malédiction du prophète : *Venient tibi duo hæc subitò in die unâ, sterilitas et viduitas.* Vous apercevez çà et là quelques bouts de voies romaines, dans des lieux où il ne passe plus personne; quelques traces desséchées des torrents de l'hiver, qui, vues de loin, ont elles-mêmes l'air de grands chemins battus et fréquentés, et qui ne sont que le lit désert d'une onde qui s'est écoulée comme le peuple romain. A peine découvrez-vous quelques arbres; mais vous voyez partout des ruines d'aqueducs et de tombeaux, qui semblent être les forêts et les plantes indigènes d'une terre composée de la poussière des morts et des débris des empires. Souvent, dans ma grande plaine, j'ai cru voir de riches moissons; je m'en approchais, et ce n'étaient que des herbes flétries qui avaient trompé mon œil : quelquefois, sous ces moissons stériles, vous distinguez les traces d'une ancienne culture. Point d'oiseaux, point de laboureurs, point de mouvements champêtres, point de mugissements de troupeaux, point de villages. Un petit nombre de fermes délabrées se montrent sur la nudité des champs : les fenêtres et les portes en sont fermées; il n'en sort ni fumée, ni bruit, ni habitants; une espèce de sauvage, presque nu, pâle et miné par la fièvre, garde seulement ces tristes chaumières, comme ces spectres qui, dans nos histoires gothiques, défendent l'entrée des châteaux abandonnés. Enfin, l'on dirait qu'aucune nation n'a osé succéder aux maîtres du monde dans leur terre natale, et que vous voyez ces champs tels que les a laissés le soc de Cincinnatus, ou la dernière charrue romaine.

. . . .

Vous croiriez peut-être, d'après cette description, qu'il n'y a rien de plus affreux que les campagnes romaines? Vous vous tromperiez beaucoup; elles ont une inconcevable grandeur.....

Si vous les voyiez en économiste, elles vous désoleraient, sans doute; mais, si vous les contempliez en artiste, en poëte, et même en philosophe, vous ne voudriez peut-être pas qu'elles fussent autrement. L'aspect d'un champ de blé ou d'un coteau de vigne ne donnerait pas à votre ame d'aussi fortes émotions, que la vue de cette terre dont la culture moderne n'a pas rajeuni le sol, et qui est, pour ainsi dire, demeurée antique comme les ruines qui la couvrent.

M. DE CHATEAUBRIAND. *Lettre à M. de Fontanes.*

2.

Sur les bords du Tésin Bayard a combattu ;

Bayard a fait plusieurs campagnes en Italie, sous Louis XII et sous François Ier. Il défendit seul, contre les Espagnols, un pont sur le Garigliano, décida la victoire d'Agnadel, contribua à celle de Marignan, et mourut, près de Romagnano, dans ce Milanez qui avait été le théâtre de ses principaux faits d'armes.

3.

Ravenne de Gaston vit la mort triomphante ;

Gaston de Foix, surnommé *le foudre de l'Italie*, fut tué à la bataille de Ravenne, en achevant la déroute de l'armée espagnole, le jour de Pâques, 11 avril 1512.

4.

Et ses remparts tombés nomment Montmorency.

Les Suisses, qui servaient sous les murs de Milan, dans l'armée de Lautrec, en 1522, se soulevèrent et déclarèrent qu'ils voulaient se retirer, si on refusait de les payer, ou de les mener à l'ennemi. Le connétable, Anne de Montmorency, alors leur colonel-général, n'ayant pu changer cette résolution, se mit à leur tête, attaqua le château de la Bicoque, jusqu'alors réputé imprenable, et s'en empara.

5.

Ainsi, devant le pont d'Horatius vainqueur,

On montre encore à Rome, au pied de l'Aventin, et au milieu du cours du Tibre, les ruines du pont sur lequel Horatius Coclès arrêta l'armée de Porsenna.

6.

Jusqu'au sein de la terre, où dormaient ces trésors,
Ils ont poursuivi leurs conquêtes.

Le mur qui soutient les ruines du Colisée, le déblaiement du Forum de Trajan, la réparation de plusieurs obélisques, et quelques autres travaux, que le pape Pie VII a consacrés de son nom, ont été achevés par les Français.

7.

C'est non loin de ces bords chéris,
Sous les orangers de Sorrente,

On voit, à Sorrente, la maison qu'habita le Tasse, et où sa sœur le recueillit, après ses malheurs. On montre aussi, dans un enclos d'orangers et de lauriers, l'emplacement de la maison où il est né.

8.

De ces beautés dont le front imposant
Révèle encor la majesté romaine :

« La beauté des femmes de Rome est un autre trait distinctif :
« elles rappellent, par leur port et leur démarche, les Clélie et les
« Cornélie; on croirait voir des statues antiques de Junon ou de
« Pallas, descendues de leur piédestal, et se promenant autour de
« leurs temples. »

(M. DE CHATEAUBRIAND. *Lettre à M. de Fontanes.*)

9.

Qu'un magnifique mausolée,
Sous les marbres du Panthéon.

On voyait à Rome, il y a peu de temps encore, dans l'intérieur
du sanctuaire du Panthéon, les monuments de Raphaël et d'Anni-
bal Carrache et les bustes des poëtes et des artistes les plus distin-
gués, tels que ceux de Métastase, Vinkelmann, Angélique Kaufmann,
et d'autres plus modernes encore, que le pape Pie VII a fait trans-
porter au Capitole. (CHARLES FEA. *Description de Rome.*)